別一沖水啊！

文
理查&瑪麗‧普雷特
（Richard & Mary Platt）
圖
約翰‧凱利
（John Kelly）
譯◎張東君

繪本館

別沖水啊！

著者 I Mary Platt, Richard Platt・繪者 I John Kelly・譯者 I 張東君
審訂 I 陳俊堯・叢書編輯 I 葉倩廷・整體設計 I 黃淑華
副總編輯 I 陳逸華・總編輯 I 涂豐恩・總經理 I 陳芝宇
社長 I 羅國俊
發行人 I 林載爵
聯經出版事業股份有限公司
新北市汐止區大同路一段 369 號 1 樓
(02)86925588 轉 5313
2021 年 4 月初版
有著作權・翻印必究
Printed in Taiwan

文聯彩色製版印刷有限公司印製
行政院新聞局出版事業登記證局版臺業字第 0130 號
本書如有缺頁，破損，倒裝請寄回台北聯經書房更換。
聯經網址：www.linkingbooks.com.tw
電子信箱 I linking@udngroup.com
ISBN　978-957-08-5744-3（精裝）
定價：新臺幣 380 元

來見見我們的
便便工作人員吧！

4 撲通商店
基本介紹

6 收集黃金
很會賺錢的糞肥

8 超級綠手指
有便便加持的作物

10 開始獵捕吧！
追蹤野外的便便

12 是香味還是臭味？
吸引動物的神祕力量

14 下游診斷
骯髒的醫學研究

16 便便醫生
被當成藥物的便便

羅力（糞金龜）

啄客（鴿子）

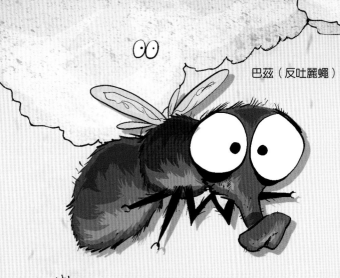

巴茲（反吐麗蠅）

36 燃燒吧！便便
從排泄物取暖

38 臭氣熏天
好棒的沼氣

40 便便紙
紙張的消化道之旅

42 揮灑色彩
隨手「便」是好題材

44 更進一步……
未來的氣味

46 來說髒話
棘手的專有名詞及解釋

18 灑出來啦！
用尿尿洗東西

20 危險的便便
從廢棄物到成為武器

22 便便響叮噹
從糞土到高級器皿

24 厲害的建材
便便建築工法

26 鞣你的皮
製作皮革好「便」利

28 臭烘烘的改頭換面
美女與爛泥

30 盛宴的背後
晚餐時間……乾杯

32 便便、神話和神力
排泄物崇拜

34 從前的便便
變成化石的穢物

席尼・下水（老鼠）

好鼻・詹金斯（狗）

便 便 和

撲通商店

等一下！不要沖……現在還不要！現在正是以全新的眼光來看便便和尿尿的時候。我們今天沖走的東西，在過去可是珍寶呢！過去人們使用排泄物來清潔、美容，並製造彈藥、皮革、藥品。即使是在現在，它們仍舊餵養我們、提供遮蔽、幫我們的房舍加溫保暖。翻開書頁，看看哪些超級有用的東西是由尿尿和便便做出來的。

歡迎交換零件

腎臟

胃

小腸

大腸

膀胱

讓植物長得更好的糞肥

皮革

鐘

產生便便

便便是你吃的東西的殘渣。你的胃攪動食物，再加上天然的化學物質，小腸就能吸收其中的營養。大腸則把便便從水狀轉變成濃稠的糊狀。尿尿走的旅程比較短。腎臟製造尿尿，再儲存到膀胱裡。

尿 尿 商 場

本商場由便便提供電力

便便工作人員

帶來幸運的飾品

美容產品

藥品

磚塊

炸藥

水

信封

罐裝的藝術家便便

你的嚮導

在這場便便和尿尿的旅程中,你會需要嚮導。來見見這些便便工作人員吧!好鼻·詹金斯、席尼·下水、啄客、巴茲、羅力會帶你四處看看。

在排泄物中有什麼?

尿尿主要都是水。其中只有二十分之一是鹽分,以及身體產出的七十種化學物質。便便中也有四分之三的水。其餘大部分是來自腸道的死細菌,或是未被消化的食物,還有少量的脂肪、礦物質和蛋白質。

水　　　　細菌　　　　脂肪　　蛋白質

未消化的食物　　礦物質

收集黃金

下水道裡有錢！我們沖進廁所裡的東西，能夠用來製造寶貴的肥料。這種稱為糞肥的便便有助於糧食作物生長。在十九世紀化學肥料問世之前，便便被稱為「夜土」，會在天黑之後被收集起來。「夜土人」從城市的下水道和坑洞中收集便便，再賣給農場和市場。有些地方目前仍有這種行業，而且市場需求也許還會擴大。因為隨著肥料的價格上漲，有可能會迫使農民回頭使用糞肥。

臭氣市場

夜土人在市場上販賣他們的便便產品。當西班牙的探險家們在1519年造訪特諾奇蒂特蘭（現在的墨西哥市）時，他們看到了夜土市場。中國和日本的城市中也有夜土市場，通常是鄰近港口，因為在那裡，夜土船能夠卸貨。

收集夜土

倫敦的夜土人是以四人為一組，一般是在午夜之後工作。鑽洞手爬進下水道裡，在水桶裡裝滿汙泥。操繩手把水桶拉起來，兩個操桶手把水桶裡的東西通通倒進推車裡。由於他們的工作很不討喜，所以工資比其他行業的老練工人要多了一倍。

有什麼價值？

下水道的汙泥並不是最好的糞肥。有一位十世紀的作家宣稱鴿糞更適合農耕施肥。人類的便便名列第一，接下來的便便排名則依序來自驢子、山羊、綿羊、牛、豬，然後是馬。甚至人類的便便也有等級之分。在十八世紀的日本，富裕武士的便便價值貧窮人家便便的兩倍。

人類糞肥

在農場和花園中撒便便和尿液，比把它們當汙水沖掉要來得對環境友善。在沒有下水道的地方，工程師裝設了堆肥廁所。這些廁所能夠生產「糞肥」。堆肥的製作過程能夠消除難聞的氣味和有害的病菌。

上繳領主

在中世紀的英國，富有的領主有權利把自己領地上的所有綿羊和牛隻都圈住，這樣牠們的糞便就只能幫自己的農地施肥。那些需要更多糞肥但比較窮的人，很討厭這條稱為「圈地權」的規則。

肥料島

在十九世紀中葉，人們不再使用夜土作為肥料，因為發現了鳥糞石這種由海鷗和蝙蝠的糞便乾掉形成的肥料。太平洋中的瑙魯島曾經盛產鳥糞石，鳥糞石的開採讓島民變得富有，也毀了他們的家園。

人類

驢子

山羊

綿羊

豬

馬

7

超級綠手指

從城市的街道和有臭味的馬棚搬運出來的夜土和糞肥，多年來一直幫助農作物長得又高又壯。便便和尿尿中含有植物生長時所需要的化學物質，它們也讓土壤變得比較輕。農夫們利用糞肥來促進作物生長的歷史已經超過一萬年了，但是到了十九世紀時，園丁們發現這種被他們隨便稱為「渣土」的東西，有更多巧妙的用途。

準備噴灑

新鮮糞肥中的氨會讓作物的葉子變成褐色，農民們和園丁們會先讓糞肥腐爛做成堆肥，六個月之後才將它散播到土壤上。由於糞便在腐爛時會迅速變熱，堆疊的時候要分成小堆，以免爆炸。

鳳梨坑

園丁們利用糞便腐爛時產生的熱來呵護嬌貴的植物。鳳梨通常只在熱帶地區會長得繁茂，但是在鳳梨周圍撒上稱為「熱床」的分解中的糞便，便讓寒冷北歐國家的園丁們也能夠種植這種水果了。

熱熱孵蛋機

孵蛋通常需要母雞的溫暖肚子或昂貴的孵蛋箱才行。不過，節儉的農民卻習慣把蛋放在裝滿稻草的桶子裡，再用腐爛分解中的糞便來加熱保溫。這種孵出小雞的方式可真是便宜啊！

糞肥蟎有事

考古學家們透過計算農作物的殘骸和一種稱為糞蟎的微小昆蟲，證明了糞肥在農業中的重要性。秘魯的古老民族印加人用駱馬的糞便幫他們的玉米田施肥，而那也是糞蟎的居所及食物。在有二千七百年歷史的古老泥土中，玉米和蟎的數量相呼應，證明越多的糞蟎能夠生產出越多的玉米。

菇菇奇蹟

樹林和田野一直都是美味蘑菇的來源。但是在十七世紀時，法國的農民們發現若是把糞便堆在黑暗的洞穴或棚子裡的話，會比在野外更快更容易收集到蘑菇。直到現在，當地也仍然使用這種方法來栽種一些超級市場裡看得到的蘑菇。

更名

在現代，汙水、汙物讓人有骯髒的聯想，許多人不想要在自己的農地或是花園中撒播夜土。而這個結果，就是廢水工程師現在改稱其為「生質固體」。由於這種堆肥對環境無害，所以生質固體現在甚至能夠幫白宮——美國總統居所——的草坪施肥呢！

開始獵捕吧！

在有野獸經過的路徑上，一塊沒被動過的便便所能提供的資訊就像腳印一樣多。老練的追蹤者稱動物的便便為「排遺」。它的大小、形狀、氣味、顏色、鬆軟度以及未消化的食物含量，全都是寶貴的線索。這些資訊綜合在一起，便能夠讓獵人知道是哪種動物留下的便便、那種動物有多大、牠喜歡吃什麼當午餐、以及那個便便是多久以前被大出來的。

中世紀的狩獵

狩獵是中世紀歐洲國王們的運動。當皇室舉辦野餐時，地位較低的追蹤者就會被派出去尋找獵物。他們珍惜發現的野生動物便便，因為他們可以把便便帶給高貴的主子。

攜帶者的工作

在狩獵時的便便專家稱作「攜帶者」。他把他發現到的野生動物便便都放在自己的襯衫或是狩獵號角上，然後再回到狩獵隊中。他通常會在開始用餐前對夫人和仕女介紹這些便便。讓貴族們可以先仔細研究過這些便便，再決定要獵捕哪種動物。

警語！

小心！便便會傳播疾病和寄生蟲。如果你追蹤動物並且接觸、處理牠們的便便，請記得每次都要立刻使用肥皂和清水洗手。

現代追蹤

如今只有少數人是靠狩獵跟殺死動物維生，不過追蹤的技能仍然很有價值。在野生動物保護區中，保育巡邏員就是藉由便便來帶領遊客找到他們想看和拍照的野生動物。士兵們也學習追蹤技巧，作為在偏遠地區時的求生技能。

瀕危物種

假如某種動物太稀有或是太怕人，無法在野外目擊到的話，科學家就會使用便便來追蹤和計數。例如在北大西洋，只剩下不到四百隻的北大西洋露脊鯨。偵查犬能夠從船上就嗅到鯨魚的便便，然後生物學家便可以藉此檢查鯨魚的健康狀況。

那個便便是誰的？

想知道把便便留在你的花園裏的「犯人」是誰？野生動物書籍可以幫助你辨識四隻腳的訪客；但是與在地的野生動物組織交流，會讓您更快「上手」。這些栩栩如生的樣本雖然不能辨識氣味，但是你可以把它們放在口袋裡面帶著走，再在現場一一比對。

鵝

郊狼

兔子

老鼠

是香味還是臭味？

對動物來說，便便和尿尿的氣味就像是玩遊戲的綜藝節目一樣，而且還有攸關生死的獎賞！動物們利用強大的鼻子來偵測危險或是欲求。牠們會從那些更大、更飢餓的物種的便便旁逃離，也會從便便中汲取訊號，知道附近是否有著具吸引力的對象。我們人類已經學會利用動物的氣味和臭味來誘騙想要的動物，或是驅除危險動物。

動物吸引力

對飢餓的蒼蠅來說，新鮮便便的氣味就等於是「晚餐已經上桌！」的信號。許多哺乳動物的膀胱和膽囊有氣味腺。當牠們尋找配偶時，這些器官會產生一種叫做費洛蒙的化學物質，讓異性難以抗拒。

膽怯的貓

當貓咪下定決心要挖掘花園的時候，速度遠比牠們的飼主能夠修復的速度要快得多。園丁們在貓咪的野生叢林表親們——獅子——的幫助之下進行反擊。「無聲咆哮貓驅除劑」中含有獅子便便的萃取物。它們的氣味能夠讓貓咪們為了自身安全而跑走。

※譯註：「無聲咆哮貓驅除劑」（Silent Roar Lion Manure）是一種貓咪驅除劑的商品名。

糞便偽裝

即使是很愛乾淨的人類，對動物來說也是具有強烈氣味的，所以把自己弄髒就成為很好的偽裝。有些十九世紀的非洲象獵人會把大象的糞便塗抹到自己身上。這些氣味的偽裝讓他們能夠悄悄的在象群中移動，再用矛來獵捕大象。

點燃糞土

早在科學家們發明化學驅蟲劑之前，一直是使用便便來驅除蚊蚋。美國密蘇里州的印地安人、中國人和埃及人都是點火燃燒便便來解決這個問題。歐洲的探險家們沿用這些方法，並將這種點燃便便的火稱為「汙火」。

危險區域

假如你曾經遛過公狗，你就有看過動物的氣味是如何作用的。每次你的寵物把腳抬起來尿尿的時候，牠都是在留下訊息，表示牠才是這附近的老大。其他物種若是從這種氣味感受到威脅，就可能會避開這塊被用尿尿或便便做了標記的區域。

圍捕馴鹿

加拿大北方、阿拉斯加和西伯利亞的民族曾經使用尿尿馴養野生的馴鹿。當馴鹿很渴望吃尿尿中的鹹味時，牧人們就會將尿尿灑成長條狀的線，把鹿群們圍起來。這種喜好對在雪地小便的人造成危險。因為鹿會跑來喝尿，而鹿的體型非常大！

下游診斷

要是不小心吃到了不新鮮的食物，你就會立刻獲得一堂疾病診斷課程。食物中毒會改變你造訪洗手間的緊急程度，但那也只是會影響你的大小便的眾多因素之一。中世紀的醫生結合尿檢和占星術來進行診斷，不過結果也跟隨便亂猜差不了多少。尿液檢測在現在也很普遍，不過當然已經更科學，也更準確了。

尿色表

在過去，醫生是藉由比較尿液樣本跟顏色表來判斷病人的健康狀況。例如：尿液濃、帶點紅色跟乳白色，表示身體上半部有痛風。不過無論哪種顏色，處置方式通常是一樣的：切開靜脈放血。

尿檢

我的尿液跟我說了些什麼？它在外觀及氣味上的改變，可能暗示了罹患某種疾病。尿中帶血，表示有腎結石。尿液中的泡沫，可能是腎臟受損的徵兆；糖尿病則會讓尿液帶有甜味。實驗室的檢測能夠查出更多項目，包括懷孕、膀胱感染、黃疸和甲狀腺問題。

呱呱，你一定是在開玩笑！

在1960年代，醫生會把女性的尿液注入活青蛙的體內，藉以判斷女性是否有懷孕。懷孕女性的尿液中含有荷爾蒙，能夠促使青蛙產卵。如今已經不需要使用青蛙了。假如女性有懷孕的話，用驗孕棒檢測尿液就可以測出來了。

裝瓶

醫生將尿液倒進特別的瓶子裡面以便聞、嚐和觀察。這些尿檢燒瓶的瓶壁很薄，所以玻璃不會讓內容物的顏色看起來有誤差。這些燒瓶也變成醫學界的象徵。

吃甜菜根或紅肉火龍果會讓你的尿液變成粉紅色。試試看！

1. 小、硬、塊狀。

2. 塊狀，但是形狀像香腸。

3. 形狀像香腸，但是表面有裂紋。

4. 光滑，形狀像蛇或香腸。

5. 柔軟塊狀，有清楚的邊緣。

6. 蓬鬆、糊狀，有點參差不齊的邊緣。

7. 很水，完全是液體。

布里斯托糞便量表

你該如何評估便便？對那些治療腸胃道疾病的醫生來說，這是一個很嚴肅重要的問題，所以他們使用布里斯托糞便量表。這個表以硬度當成指標，從便祕（1）、正常（3或4）、到腹瀉（7）。

便便醫生

對撒努斯──古埃及的醫生──來說，便便都是藥。他們的藥丸是由來自獅子、瞪羚、家蠅、鴕鳥、鱷魚，以及其他動物的便便製作而成的。雖然撒努斯的想法大多是錯的，但是在那之後的民間療法都會包含便便和尿液。便便在現代醫學中甚至很有前瞻性。醫生會移植便便到患者體內，治療那些排斥其他治療方法的腸胃道疾病（參見第17頁）。

鱷魚

家蠅

瞪羚

鴕鳥

獅子

埃及藥房

大約在三千五百年前，埃及的醫藥是全世界最好的，不過撒努斯對於我們生病的原因卻所知不多。他們猜測疾病是由惡魔和邪靈所導致的。為了將它們從病人的體內趕出去，他們就把便便放入處方中。

用尿液清洗傷口

古代墨西哥的阿茲特克戰士會在劍傷上小便，以便清洗傷口。健康人類的尿液是無菌的。比起來自泥濘水池的水，尿液是安全多了的傷口清洗劑。即使在今天，有些士兵仍被教導說在緊急狀況下可以用尿液清洗傷口。

民俗醫藥

從三百年前開始，醫學開始取代魔法和迷信，但是有些人仍然持續把廁所當作藥房。在十八世紀的美國賓州，德國移民會飲用由「綿羊櫻桃」（綿羊便便）泡的茶來治療麻疹。

阿育吠陀中的尿液

阿育吠陀是印度的傳統醫學，建議使用尿液作為治療處方。據說在飲用八個月之後，患者會發出金色光芒。喝尿八年的話，病患就能長生不老，在十年之後，就能夠像鳥一樣的飛翔！這些主張現在普遍被認為是錯的。

糞菌移植

假如腸胃道中有益的細菌死亡，一種稱為困難梭狀芽孢桿菌的超級病菌就會取而代之，可能致命。針對這個問題，有一種實驗性新型治療方式，稱為糞菌移植，醫生會將健康人體的便便製成的溶液注射到病人的身體。

灑出來啦！

沒有肥皂？試試用尿液洗吧！放久了的尿液中含有氨，這是一種能夠把油脂洗掉的清潔劑。在肥皂被發明出來之前，洗衣服的第一個步驟通常是把衣物泡到一桶尿液中。在兩千年前的古羅馬，尿液非常的有價值，所以會從公共廁所收集尿液。從前甚至還對尿液徵稅：有些稅金是來自各種用途的尿液買賣，例如洗滌、染色等，而這些稅金會成為羅馬政府的收入。

短尿壺

在羅馬城市的街角，有許多陶罐供男性方便用。這些陶罐稱為「短尿壺」，因為它們有被特意的切短，好讓即使是最矮的羅馬男性也能夠方便使用。「臭味奴隸」會定期收集這些壺罐裡的內容物。

用靛藍染

靛藍是一種不溶於水的美麗藍色染料。不過它卻能夠溶解於放久了的尿液中，並將顏色改變成黃色。染工們把沒有花樣的布泡在「尿壺」中，當他們把布取出來，空氣與靛藍起作用時，布料會很戲劇性的變成亮藍色。

漂洗工的故事

每個短尿壺裡裝的內容物最後都會來到漂洗工的工坊這裡來。漂洗工處理布料，同時也洗衣服，例如羅馬市民穿的長袍。漂洗工把要洗的衣物丟進一個大槽裡，然後在裡面裝滿尿液和水。

裁縫的襯衫

肥皂在鹽水中不起作用，所以航行中的船員們會儲存尿液，並把襯衫泡在裡面。在漂洗衣服時，就是使用寶貴的飲用水或是雨水。用海水沖洗過的衣服永遠無法完全乾燥。

有臭味的稅

當西元一世紀的羅馬皇帝維斯帕克決定徵尿液稅的時候，他的兒子提圖斯抱怨說那很噁心。於是父親丟了一枚金幣給他，問他：「錢噁心嗎？」

骯髒的工作

富有的漂洗工並不實際洗衣服，而是讓他的奴隸們做這些骯髒的工作。他們爬進洗衣槽裡再踩踏腳下的衣物，隨後用大量的清水沖洗，因為沒有人願意穿那種聞起來都是尿味的長袍！

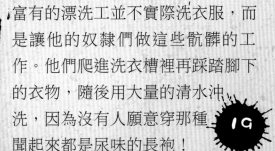

危險的便便

什 麼東西是褐色、有臭味、而且能夠把你的手炸飛的？這聽起來像是很糟糕的冷笑話，但是在十六世紀的歐洲，爆炸的糞便卻是重要的課題。在戰場上，槍枝取代了弓箭。開槍時所需的火藥既稀少又昂貴。於是解決方案就是去挖最近的糞堆！

農場、豬圈、雞舍和動物欄舍是硝石的豐富來源。

珍貴的火藥

製造一場爆炸需要燃料以及「氧化劑」——一種提供大量氧氣的化學物質。火藥中的氧化劑是硝石或硝酸鉀，可以從尿液和糞便中提取出來。硝石工把糞便堆成一堆，再花幾個月的時間把尿液淋在上面，直到在糞堆表面出現白色的結晶為止。他們藉由舔這些結晶，來確認那個是否為硝酸鉀，因為硝酸鉀吃起來會有冷冷的感覺。將這些結晶和水與木灰混合之後，就能將其純化。然後再把那些液體煮沸、濃縮、乾燥，做成硝石。

這就是他們在1580年製造硝石的方式。長長的土丘是糞堆。為了要製作少量的硝石，需要非常多的糞便。

製造火藥

只有硝石是不會爆炸的。想要讓它爆炸，需要和木炭，硫磺混合。每種成分的量很重要，會關係到爆炸聲的響亮程度。製造火藥是件危險的工作。研磨工先分別將三種成分磨成細粉，再仔細的將它們混合成火藥。然後他們會超級小心的避免點燃火藥。鐵製的工具經常會產生火花，所以工人們在處理這些粉的時候，是使用銅質或是木質的工具和容器，並以皮革覆蓋住工坊的地板、穿著特殊的拖鞋。儘管已經有了這些預防措施，還是經常會發生致命性的爆炸。以下是製造火藥時的正確比例：

硫：二份

木炭：三份

硝石：十五份

硝石人

稱為「國王的硝石人」的公務員會收集製作火藥所需要的糞便。他們有清理糞堆、馬廄及其他糞便堆積場所的權限。大家都很恨他們，因為他們會把農民栽培作物需要的糞肥拿走，而且從來不會修理被他們毀壞的地板。

塞爾瑪的女性們在像這樣的壺中小解，上面貼著他們討厭的北方將軍的照片。

從尿變成火藥

美國的南北戰爭時，火藥很快就用完了。阿拉巴馬州一個城鎮的官員便在1862年當地的報紙上刊登了一則廣告：「為了製作硝石，敦請塞爾瑪的女士們將所有的尿液收集起來。裝載著木桶的馬車將會到各處將其回收。」這則消息讓大眾覺得很有趣。

21

便便響叮噹

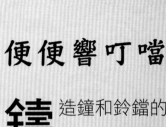

鑄造鐘和鈴鐺的過程中，便便也扮演了重要的角色——幫它們塑型，而且這還不是在鑄造廠中使用便便和尿尿的唯一用途。在大約九百年前，維京人的刀劍鑄造師在打造最好的劍時會使用鵝糞。即使在今天，用尿液浸泡過的土壤也會比德爾器皿——由著名堡壘的臭氣熏天土壤製成的金屬飾品，在完成時增添一層獨特的黑色外觀。

混合壞土

用來幫鐘和鈴鐺塑型的模子是用由糞便、黏土、沙子、山羊毛混合而成的壞土做成的。鐘匠用壞土製作模子的內層和外層兩個部分。

完美的塑型

為了要塑造模子，鐘工以攝氏900度的高溫將金屬熔化，再將液化的金屬倒進模子裡。模子是和要製作的鐘形狀完全相同的容器。把液化的金屬倒進模子，是鑄造時最需要技術的程序。

重金屬

隨著金屬流入模子中，它的高熱會把混在壞土裡面的糞便燃燒掉，並在模子裡面留下微小的縫隙。滾燙的金屬會讓模子裡面的空氣突然膨脹。糞便留下的縫隙可讓膨脹的空氣散出，讓模子不至於裂開。

山羊毛

馬糞肥

沙子

22

刀劍傳奇

在維京人的傳說中，一位鐵匠在製作他最好的劍——米蒙格——的時候，將次級品的殘骸餵給他的鵝吃。然後他把鵝糞加入他熔化來鑄造米蒙格的金屬中。科學家猜測，鵝糞中的其他化學物質增強了劍的強度。

將熔化的金屬倒入壤土模具中。

自由鐘

有時候即便鐘的鑄造並不是很完美，仍舊瑕不掩瑜。美國的自由鐘是在倫敦的白教堂鐘鑄造的。當它的鐘聲第一次在美國的費城響起時，它的側面就出現了裂痕。而且至今，仍然裂開著。只不過它卻比美國任何其他完美無瑕的鐘都要有名！

淬火大馬士革

中世紀的鐵匠透過把燒得火紅熾熱的金屬放進水或尿液中來冷卻、硬化。最好的劍來自大馬士革，那裡的鐵匠還堅持要使用紅髮男童的尿液。不過他們也可能只是藉由散佈這個故事，好掩蓋他們製作上等刀刃的真正秘密。

比德爾器皿

印度製造商在打造這種時髦高檔的金屬器皿時，會從比德爾堡壘最陰暗的牆角，挖出上面的土壤來塗層。遊客在那裡排尿的歷史有數百年之久，在這種味道很重的土壤中的化學物質，能夠立刻讓金屬的表面變黑。

厲害的建材

在世界上某些炎熱、乾燥的地方，建築工人會依賴便便。便便能夠支撐屋頂並且幫忙隔熱。便便是土磚中的重要成分。它們也是有史以來的第一塊磚頭。它們支撐了許多古代世界最偉大的建築，例如建於2500年前的巴比倫城城牆。土磚現在也仍然用來建造房屋，可以在太陽下保持涼爽，但在寒冷的晚上卻很溫暖。

混合它

土磚大部分是由泥土造的。但是只有用泥土的話，在乾燥後會龜裂。於是製造土磚的工人會將動物的糞便或是稻草混在泥土裡，好增加強度並防止裂開。糞便中含有未消化的細纖維，這也有助於讓泥土變得比較軟，並容易塑模成形。

磚砌它

為了要把土磚黏在一起，建築工人會用相同類型的泥土。他們建造的牆很堅固，但卻不太防水。懸掛在上方的稻草或是鐵皮屋頂可以阻擋雨水，防止磚塊變回泥巴。

將泥巴塑模

土磚是塑模——在木框中成型——製成的。那是一種很骯髒、緩慢、辛苦的工作。新脫模的磚塊要放著乾燥三天。然後在使用前還要再繼續放一個月讓它變硬。

希巴姆

世界上第一座高層建築是由土磚蓋成的。在阿拉伯葉門的希巴姆大約還有五百座在鎮上聳立著。其中最高的有三十公尺高。希巴姆的房屋特色是往上一直蓋，好保護屋主不受好戰的鄰居傷害。

籬笆條與混凝泥

即使是在潮濕的北歐，便便也是很有用的建築材料。與泥土混合之後，就能夠產生混凝泥。這種濃稠、棕色的塗層被塗抹在由木片編織而成的板子上，就能夠做成傳統的木造建築物的牆壁。

便便灰泥漿

土磚建築物的外面會塗上一層由泥巴和糞便混合製成的灰泥，以便填滿裂隙並能夠防雨。有些土磚建築工人則相信要是在灰泥中加上馬尿，就更能夠保護建築物，防止損壞。

埃及的磚頭

從古埃及的墳墓壁畫，便能看出建築工人是如何混合並塑模製造磚頭。有的人自認自己的工作比較好，就看不起那些人。有人寫道建築工「裸露身體在戶外工作，揉捏排泄物來製造磚頭，然後吃麵包……沒有先洗手」。

鞣你的皮

純粹發現者

收集狗大便真是件好工作！在1850年代的倫敦，純粹發現者比收集並販賣碎布和骨頭的人要過得更好。製革廠支付每桶純粹狗大便的錢就能夠用來買三大條麵包。

在 19世紀，人們並不需要有好眼力就能夠找到製革場，因為光靠鼻子就夠了。將動物的皮製成革需要特殊、很臭的成分，那就是狗大便。在狗大便中含有細菌，能夠讓皮革變得柔軟光滑。製革工人稱這種便便為「純粹」（pure），而從城市街道上收集便便則是「純粹發現者」（pure finder）的工作。

使用稀泥糞土

為了讓最好的皮革變軟，製革工人會將皮革浸泡在稀泥狀的糞土中。他們製作稀泥糞土的方式是把便便倒進一個大盆子中，加水之後用腳去攪動弄成軟泥。然後他們把動物皮扔進稀泥糞土中，再踩踏揉搓幾個小時。

狗狗的晚餐

街道並不是純粹的唯一來源。製革商人也會從犬舍購買，也有不少人是自己養狗。狗狗們得辛苦工作才能留下來。除了供應狗大便之外，牠們還可以在動物皮開始被鞣製之前扯下最後的肉條。

前置作業：除毛
在開始鞣製皮革之前，要先用鈍的彎刀刮擦皮，去除多餘的毛髮。

因紐特人的鞣皮

在美國寒冷北部的因紐特人，是以尿液來鞣製動物的皮，那是他們在冬天時從冰槽中收集來的。其他的美國原住民除了在鞣製的時候使用尿液之外，有時候還會混以壓碎的動物腦部。動物腦中的脂肪能夠讓皮革變軟而且柔順。

漂白
製革工人會為了白色便便付更多的錢。因為白色便便不會讓皮革染上其他顏色。不老實的純粹發現者會把普通的棕色便便跟白堊一起磨成粉來欺騙顧客。

最終結果

鞣製後，制革商有時候不論將皮革洗了再多遍，也不足以去除便便的氣味。皮革經銷商通過嗅或舔他們購買的皮革來檢查這一點。在19世紀後期，化學鞣製取代了軟化工藝之後，就不再需要這種「行規」。

27

臭烘烘的改頭換面

你值得嗎？你值得浸在便便和尿尿中，做全套的身體保養嗎？當然你值得！為了要追求美麗，任何事都可以。肌膚和頭髮用的產品，自古以來就跟便便堆有著很深的淵源與連結。美容師和美髮師使用便便和尿尿來美白、促進頭髮生長、也讓它脫落。甚至在今天，也有些化妝品會在成份中添加尿素和氨，那些都是從尿液中提取出來的。

好鼻・詹金斯

「金髮女郎」

鱷魚皮

在西元一世紀的醫學教科書中，希臘藥劑師推薦使用含有鱷魚糞便的面霜，因為可以「幫臉部增添光澤與色彩」。他也警告大家，不要誤用到椋鳥的大便製成的假貨。

今天，仍有日本公司販賣由日本樹鶯便便製成的面霜。

瓶裝金髮

對16世紀的威尼斯女性來說，金髮是最美的。她們用名為「金髮女郎」的液體來梳頭髮，這種液體是由檸檬汁和陳年尿液混合而成的。然後她們躺在陽光下，用只有帽緣的帽子遮住她們蒼白的皮膚。這樣一來，太陽光和「金髮女郎」就一起作為漂白劑，讓她們的髮色變淡。

把手放下

德國醫生約翰・韋克在十七世紀撰寫了一本很受歡迎的美容手冊。他最著名美容撇步之一是把「砷和狗糞」混合之後塗抹到指甲上，好讓指甲變得光亮。

鯨魚排遺

微量的龍涎香就能讓最高級的香水有一種獨特的香味。灰色、蠟質的龍涎香會漂浮在海面上的抹香鯨糞便之中。被沖上岸之後，它和黃金一樣有價值。

鬍鬚

在十八世紀時，那些很想要有八字鬍的德國男人被建議要在鼻子下面抹上老鼠糞便。同樣的療法也被用來治療頭皮屑。

夜間補給

鴿子、驢子、駱駝、母牛、燕子、老鼠、兔子、山羊都幫我們的頭髮和肌膚保養品提供了原材料。但是在過去，則很普遍的使用人類的尿液。這可能是因為在床底下總是放著一個尿壺。

傳統紋身

因紐特人使用尿液跟煤灰的混合物來製作刺青。他們把線放在混合物之後再抽出來、穿針後用那條線穿刺皮膚。這可能是因為尿素這種尿液中的天然化學物質，能夠幫助避免皮膚受到感染。

29

印度

非酒精性飲料古洛卡芭雅（Gaulo-ka Peya，來自牛隻國度的飲料）是由蒸餾過的牛尿混合水和草藥製成的。味道包括柳橙、玫瑰和檸檬。販賣這種飲料的印度教團體說：「那就像一般的甜味飲料，沒有任何有害的副作用」。不過許多醫生都對此不贊同。

盛宴的背後

餐盤上的便便？不用了，謝謝。這聽起來可能很病態，不過在世界各地，有許多稀有且高價的食物，卻是得先經由便便處理，才能產生不尋常的味道。飲用尿液則較為普遍。事實上，你今天可能也喝下了一些，就在你的飲用水裡。有些人則更進一步，收集自己的尿液並一飲而下，當成一種古怪的健康療法。要加冰塊嗎？要，謝謝！

冰島

隨著冬天的腳步靠近，有煙燻小屋的冰島人會點燃綿羊糞，再掛一根羊腿在上面。這種煙燻的佳餚是燻羊肉（Hang-ikjot），是很受歡迎的聖誕佳餚。

印尼

全世界最貴的咖啡，麝香貓咖啡（Kopi Lu-wak），是靈貓科動物麝香貓的產物。當麝香貓吃下咖啡果實，牠們腸胃中的化學物質會把咖啡豆的苦味去除。工人從麝香貓的糞便中收集這些豆子、清洗、再加以烘焙。

喝尿

假如是少量的話，新鮮的人尿是無害而且可以安全飲用的。它甚至是印度的傳統藥方（參見第17頁）。那些為了健康而飲用尿液的西方人，說冷藏之後的味道更佳。乾杯！

水的再利用

全世界大部分的城市用水都曾經含有是尿液。在納米比亞的溫德和克，自來水是被回收再利用的下水道水。水利單位將含有上游城鎮汙水的河水淨化之後，加以使用。

法國

在龍涎香巧克力（Chocolat Ambre）這種法國的傳統熱飲中，含有磨碎的龍涎香。這種珍貴的氣味也被用來製造香水，原料是抹香鯨的便便。

美國

在十八世紀時，加州的印地安人雖然會吃火龍果，但卻沒辦法消化細小的種子。從他們的糞便中收集到的那些種子，在烤過並磨碎後，會變得很可口。

摩洛哥

摩洛哥的山羊會為了吃果實而爬摩洛哥堅果樹，不過牠們並沒辦法消化裡面的果核。牧人們會從山羊糞中收集果核，將它們壓碎以後製作成可口的堅果油，再販賣作為烹飪或是化妝品用油。

便便、神話和神力

擁抱便便的神奇力量吧！在過去，人們相信它能夠帶來好運，因此他們崇拜便便之神和女神。這不難理解。因為他們的生活取決於農作物。便便和尿尿能夠讓土地變得豐饒，使作物得以生長、餵飽飢餓的人。今天，只有少數文化持續傳統的便便崇拜。但是也還有不少人會在有鳥大便掉在我們肩膀上時，會說「這意味著好運」。

斯特庫蒂烏斯

這位古羅馬的便便之神與用糞肥幫土壤施肥有關。他的名字源自於拉丁文中的糞便（stercus）。希臘人將他視為農業之神、稱他為薩圖恩※，並對他祈禱。

※譯註：

薩圖恩（Saturn）這個字也是土星的意思。

聖甲蟲

古埃及人崇拜一種黑色的甲蟲，因為它們會推動糞球——正如太陽神「拉」（Ra）每天在天空中推動太陽一樣。而拉這位太陽神有時候會以糞金龜的形態出現。

克羅希納

這個羅馬硬幣上的圖案是下水道女神克羅希納（Cloacina）。他的聖壇位於馬克希姆下水道（Cloaca Maxima）的旁邊，而這也是他保護的最大排水道。羅馬的汙水經由它而流進臺伯河。

幸運著陸

有許多迷信的人認為掉在衣服上的鳥糞會帶來好運。這種信念可能源自於「鳥糞占卜」——透過判讀在糞便中的種子來占卜的技藝。

庫瑪拉克占卜法

哈薩克共和國的巫師在過去是使用四十一顆乾燥的綿羊糞，在庫瑪拉克遊戲布的圖案上幫村民占卜。只是很遺憾的，現代的庫瑪拉克套組是用四十一個籌碼或其他的替代品。

※編註：庫瑪拉克（kumalak）是綿羊糞的意思。

牛神啊！請實現我的願望吧！

印度教徒相信牛是神聖的動物，牛神卡瑪汗奴可以滿足任何願望。在印度的一月豐收節時，女孩們用裝飾精美的牛糞來紀念祂。

金的便便

日本人會購買鍍金或是上了一層金色的便便造型飾物，以分享廁所之神應許的好運。他們同時也很喜歡玩雙關語。在日本，「運」的日文發音跟「便」諧音。

廁所之神

「便所神」是日本神道教的神祇，棲身在住家的廁所並予以保護。歌手植村花菜於2011年創作了一首關於打掃祖母廁所的暢銷歌曲〈廁所之神〉，讓這位神變得更為有名！

33

恐龍糞化石是史前怪物：一隻霸王龍的便便可以有五十公分長！在這些粗短的化石中，倖存下來的一些骨頭、牙齒、木頭、葉子、種子、魚鱗以及貝殼，讓我們知道恐龍都吃些什麼。留在糞化石裡的洞洞，還能夠幫助我們辨識史前的糞金龜。

恐龍糞化石

從前的便便

對研究過去的科學家們來說，便便也是線索。我們能夠透過恐龍的腸胃道，來了解牠們都吃些什麼。一億多年前的恐龍便便，會硬化成很像岩石的糞化石。便便可以告訴我們最近的歷史。透過挖掘我們祖先的廁所，考古學家讓我們對於人類如何在全球移動，有了更多的想法。

顯微鏡

鑽石刀片鋸

便便大發現

中世紀的人稱糞化石為「牛黃石」，並相信這可以用來治癒各種不同的健康問題。英國的化石獵人威廉‧巴克蘭和瑪麗‧安寧是最先猜到它們真相的人；巴克蘭在1829年將它命名為糞化石。

古糞石學家

為了要看恐龍糞化石的內部，古糞石學家會先用鑽石刀片鋸將它們切割成薄片，再打磨得平滑閃亮。顯微鏡能夠將標本的影像放大，因為它們已經被磨得很薄，能夠讓光線直接穿透過去。

洞窟便便大突破

美國的考古學家丹尼斯‧詹金斯用美國奧勒岡州的洞窟中一個14300歲的人類便便，證明亞洲人抵達北美洲的時間比原本認為的要早了一千二百年。便便中的DNA（參見第46頁）揭開了洞窟居民的起源。

丹尼斯‧詹金斯

人類的便便

踩到恐龍的糞化石，你可能會弄斷你的腳趾，但是人類的糞化石則比較像是你會不小心踩上去的東西。考古學家透過把它浸泡在清潔劑裡面，來恢復人類便便原本的質地和氣味。裡面的成分透露了那個人的飲食，並說明了他／她是貧窮還是富裕。

燃燒吧！便便

在美國西部沒有樹的平原上，由於木頭非常有價值所以不會被拿來生火。於是為了烹飪或是取暖，定居在那裡的人就改為燃燒水牛便便。那裡有六千萬頭野牛，每頭野牛每天可以大出三桶的便便，所以永遠不會匱乏。牛仔們並沒有發明便便生火。他們只是學美洲原住民的做法而已。即使在今天，在一些缺乏其他燃料的地方，窮人也仍然拿便便做燃料來取暖或烹煮食物。

草原鬆餅

拓荒者幫野牛的便便取了很多種別名。最禮貌的是「草原鬆餅」。法國人則稱為「牛木」。在每年秋天，拓荒者的家庭會花上兩星期去撿拾草原鬆餅以便在冬天時用來燃燒。開始下雪之後到春天雪融之前，都會沒辦法再行收集。

女性的工作

收集燃料在傳統上是女性的工作，而流行歌曲則取笑那些以這些工作自豪的女性。其中一首的歌詞是：「……看看她現在噘著嘴，優雅的，用她的手指尖，她為了火而撿起了野牛餅。」

36

燃燒光明

假如糞便潮濕的話，燃燒時會產生有臭味的煙；但是如果是乾燥的糞便，在風中就能夠燃燒得很好。儘管糞便生的火從來不會變得很熱，卻有一個比木頭好很多的優勢。糞便不會吐出火花，不用怕會把衣服、帳篷或是篷車給燒了。

駱駝也瘋狂

身為沙漠動物，駱駝必須節約用水。牠的內臟會在消化食物時把每一滴水都榨乾，所以在燃燒駱駝糞便之前並不需要先乾燥。無論駱駝是在哪裡放牧，牠們的主人都會收集糞便以便生火。這個女孩在印度的普什卡駱駝博覽會上拿著一碗糞便。

便便困擾

糞便並不是完美的燃料。它的煙燻火焰會造成室內的空氣污染，並可能導致肺部疾病。假如有替代燃料的話，糞便可以用在農地施肥，讓農作物長得更好。

在美國西部，燃燒糞便是為了讓營火燒得嘶嘶作響。

臭氣熏天

在 1847 年某個令人驚嚇的夜晚,劇烈的爆炸聲震撼了倫敦多霧的街道。根據報導,「極大的火焰」從下水道發出怒吼,並發出讓人難以忍受的惡臭。造成這起事件的原因是由腐敗的便便和尿尿釋出的氣體。今天,我們會收集這些稱為沼氣的下水道氣體,當成煤或石油這些化石燃料的替代方案,因為這對環境比較友善。

另一個問題

沼氣也在牛的腸道形成。利用圖中這種氣球收集之後,科學家們估計全世界的牛每年可產生一億公噸的甲烷。假如我們能夠收集起來的話,就能夠取代化石燃料。可惜我們做不到,所以牛放的屁仍舊持續的讓我們的氣候加溫。

管道將廁所的廢棄物送到發酵池,花園的垃圾也可以鏟進去。

餵食時間

沼氣可以從各種形式的廢棄物產生,但是要製造許多沼氣的話,就需要有多量的廢棄物。在家庭沼氣系統,是把廁所的內容物直接送進沼氣池(參見第39頁)。不過大型的商業化系統則是使用農場的廢棄物:來自牛、豬和雞的便便和尿尿。

爆炸的下水道

爆炸的下水道在過去經常搖撼鋪石的城市街道。最常發生的狀況是當工人在清潔或是修理下水道的時候擦了火柴或是點亮了蠟燭。現在的下水道很少發生爆炸,是因為有排放氣體的通風口,因此就不會累積到危險程度。

厭氧發酵池

為了要把尿液和便便轉換成有用的沼氣，微生物必須要消化它們。假如沒有空氣的話，就能夠產生更多的沼氣。因此沼氣發酵池通常都會建造得密不通風。所以，它們也被稱為厭氧發酵池。

自製的沼氣池

燃燒沼氣

來自後院發酵池的沼氣在一般的家用爐上能夠燃燒得很好。但是來自大型商業工廠的沼氣，在送進通往家庭的管道之前，會先經過純化。這也可以在工廠中燃燒用來發電。

後院的沼氣

你也可以用便便幫你的電鍋供電！你只需要在襯有水泥的儲槽放入汙水。一層大的塑膠膜可以用來阻止空氣進入。運用管路將沼氣送進你的家裡。沼氣能源的運用在中國十分普遍，每年大概會在四百萬個家庭中安裝這種家用沼氣裝置。

39

便便紙

造紙通常意味著用巨大的機器把樹木壓碎。不過有一種替代方式可以直接從植物造紙：只要餵肚子餓的動物吃它們就好。獸類的牙齒和腸胃道能夠磨碎並消化綠色植物。食物的殘渣從另一頭出來，隨時準備被製造成柔軟、光滑的紙張。

啄糞者

以植物為食的哺乳動物有特殊的腸胃能夠消化堅硬粗糙的葉片，不過還有許多被吃下肚的食物會保持原狀出來。鳥類和昆蟲會聚集到新鮮的便便那裡，從纖維中一口口的揀選美味。

大象每天都會產出一臺推車那麼多的糞便。

簡單的混合器讓纖維變更短。

糞便被清洗後要煮幾小時。

這些糞球中含有等量的纖維。

便便獨木舟

威爾斯的綿羊便便紙廠商發現了一種嶄新的便便紙用法。用蜂蠟和防水樹脂把紙一層層的貼合，再用來包覆手工獨木舟。大膽的獨木舟玩家計畫要把他們的船從英國划到法國，並募款捐給慈善機構。

完美的紙

在大象的消化系統中，牠們吃下去的纖維有一半是直接通過牠們的腸胃。由於它含有非常大量的纖維，所以大象的便便就成為很理想的造紙原料。加工時會去除氣味、清潔和消毒植物纖維，並把不需要的材料分離出來。

竹子便便

中國成都的大貓熊繁殖中心曾經有過很大的困擾：每天得要清理掉兩公噸的便便。他們現在用來造紙，並用來募款。大貓熊只會吸收吃下去的竹子的20%，牠們的便便紙聞起來也有竹子的味道。

把每顆球弄濕、把纖維散開來，然後透過細網篩過之後，就能夠形成一片潮濕的紙片。

在陽光下晾乾就能夠製造出紙張成品。

寫上去！

便便紙不論是在外觀上或是氣味上都跟其他優質的手抄紙是一樣的。你可以在上面寫字、作畫、印刷。雖然便便紙是一種昂貴的新奇產品，但卻也能夠透過提供工作機會及吸引遊客購買來幫助社區。

41

揮灑色彩

對世界上最早的藝術家來說，用尿液作畫既簡單又實際：在他們工作的黑暗洞窟中總是不虞匱乏。現在的畫家使用便便和尿尿來作畫，則是出於更有創造性的原因。他們知道這些材料比繪畫顏料更具衝擊性。他們使用這些來提醒自己的文化與根源。他們也很享受使用毫無價值的東西來創作無價藝術品的笑點。

洞窟壁畫

在四萬多年前，遠古的藝術家替他們獵捕的野獸們繪製了精美的圖像。他們不是用顏料，而是用紅色、黃色、棕色及黑色的泥土來作畫。為了讓它們能夠黏附在石頭或是洞窟的壁面和天花板上，他們需要使用到液體。所以他們大部分都是使用尿液。

羅馬遺跡

比利時藝術家溫‧德爾維製作了一個名為「泄殖腔」（Cloaca）的作品來表現「無用的機器」，以展現現代生活的空洞無意義。他以羅馬下水道來命名這件作品（參見第32頁），表現的是人工腸道。從一端進去的食物，會從另一端以逼真的便便形式出現。

不潔的僧侶

中世紀的閃亮彩繪書之中隱藏著一個「氣」味盎然的秘密。製作這些手稿的僧侶們是從修道院的廁所取得原料。尿液中含有的化學成分，能夠在被加熱時固定書上的色彩，或讓它們變得更亮。

便便面具

西非布吉納法索的古倫西人製作的彩繪面具不但世界聞名，而且具有很高的價值。這些面具代表神靈與動物。古倫西藝術家們利用在動物的洞穴收集來的蜥蜴便便來製造白色顏料。

便便變成哞哞！

英國的雕塑家莎莉・馬修斯在農場中長大，那裡從來不缺牛糞。她使用八桶牛糞——外加羊毛跟鐵絲——造出一隻栩栩如生的牛。託了這些材料之福，它甚至聞起來也跟真的牛一樣。

更進一步......

假如你已經閱讀到這裡了，你應該已經了解了便便和尿尿的價值。我們需要明智的使用它們，因為地球的資源正在縮減。在太空中，太空人正實行著我們必須學習的課題——不浪費任何一滴水。在下方的地球，這些富有創造力的便便和尿尿計畫展示了前進的方向。

精心設計的太空廁所能夠將無重力的尿液和便便收集起來。

冷凍乾燥的尿液
有些太空任務直接丟棄尿液和便便，而那些汙物會一直待在地球軌道上繞行。要是太空船撞到這些東西的話，造成的損壞就會像是在高速公路行駛時撞上大卡車一樣。

太空人喝的回收尿液比我們的自來水還要純淨。

回收尿液
在太空中撞上自己身體廢棄物的風險，並不是太空人從2008年以來一直在進行回收再利用的唯一原因：將水運送到太空站的成本相當於每杯水27萬台幣！太空船的水回收系統不但可以過濾和淨化尿液，還能夠用來清潔。

愛荷華肥料

製造肥料需要大量的能源。而當油價上漲時，農夫的成本也會隨著上漲。美國愛荷華州的農民為了省錢，再加上環境因素，便開始使用傳統的糞肥取代化學肥料。

便便的力量

製造甲烷（參見第38頁）並不只是關於後院的沼氣而已。在英國牛津郡的迪德科特，一個嶄新的厭氣發酵池正在為大約二百戶家庭提供天然氣。這些能源來自該地區汙水處理系統的廢棄物。

新型態廁所

巴西的貧民窟沒有適當的下水道。世界上，有四成的家庭並沒有像樣的廁所。發明家們正在製造不浪費水的廉價廁所，並且能夠安全的將便便轉變成燃料及肥料。

珍貴的糞堆

牛屎蛋對糞金龜而言，就是寶貴的食物與庇護所。因此當有一坨新鮮的牛屎出現時，牠們會爭先恐後的趕去爭奪。有些糞金龜會設法將糞球滾離其他對手遠一點的地方。

來說髒話

占卜
預測某人在將來會發生什麼事。

去氧核糖核酸(DNA)
一種生物密碼,儲存在活體細胞中,用來控制動植物的生活、生長,以及繁殖。

史前
在歷史開始被紀錄之前就已經存在或發生的事物。

甲狀腺
位於頸部的內分泌器官,會分泌甲狀腺素。

汙物
來自人類腸胃道及膀胱的液體及固體廢物。

汙染
來自人類活動,並對空氣、土壤或水造成危害的廢棄物。

生質固體
無害並可當成肥料噴灑的汙水、汙物。

古糞石學家
研究已成為化石的糞便,以了解古時候的人類或動物的生活的科學家。

竹子
一種生長迅速的大型植物。

牧人
照顧農場動物的人。

沼氣
由廢棄的生質和污水所產生的氣體燃料。

氣候變遷
由燃燒化石燃料所導致的地球氣候暖化,並且變得不容易預測。

濃縮
透過減少液體的量使溶液變得更濃。

糞化石
已成為化石的動物糞便——例如恐龍的糞便。

膀胱
動物體內收集和儲存尿液的器官。

偽裝
在動物、建築物或車輛表面上的圖案,讓自己不容易被看到。

考古學家
透過挖掘遺跡和以前人們所留下的遺物來了解過去的科學家。

砷
有毒的金屬化學物質。

夜土
在夜間從廁所和街道上被收走的固體人類排泄物。

氧化劑
一種導致另一種物質與氧氣發生化學反應的物質。

肥料
一種讓土壤變得更營養的物質,以便讓植物生長得更好。

染料
一種有色的物質,在和其他材料混合之後能夠改變其顏色。

軌道
環繞地球旋轉的路徑,而不會掉到地面上或是飛入太空中。

下水道
輸送汙水的管道。

土磚
乾燥的泥磚。

中世紀
又稱為中古時期,是介於古代和現代間的歐洲歷史時期,大約是在西元1000-1500年。

火藥
具爆炸性的粉末。

化石燃料
從地球提取的燃料,例如天然氣、煤炭、石油。這些材料是由幾億年前的古代森林殘餘物所形成的。

木炭
加熱木頭製成的一種黑色、無煙的燃料。

捐贈者
將自己的某樣東西送給其他人的人，有的人會捐贈身體的一部分以供他人醫療上作運用。

聖壇
在寺院、家裡或街道上可供祈禱和祭拜的地方。

腐朽
死亡生物的分解和腐爛。

糖尿病
一種疾病，讓人在體內累積過多糖分，導致口渴及頻尿。

配偶
人類或動物以成立家庭為目的而選擇的伴侶。

移民
離開原本的家園而到別的國家開始新生活的人。

移植
將器官或其他物質從一個人的身體移到另一個人的身體。

尿檢
檢查尿液，以便嘗試確定人類或動物的疾病。

細菌
會導致動物和植物腐敗或生病的微小生物。

荷爾蒙
一種信號化學物質，在諸如血液般的液體中在人體中遊走。

處方
由醫生開立，要求藥劑師提供治療用藥物的表單。

無菌
不含有任何病菌。

黃疸
肝臟的一種狀況，會導致皮膚發黃。

糞肥
把動物的糞便撒在土上，使其變肥沃，更適合種植植物及農作物。

微生物
雖然不是毒藥，卻可能導致疾病或使健康狀態惡化。基本上是病菌。

溶解
將固體混入液體中，最後看不到任何固體顆粒。

蒸餾
通過加熱，將各種會在不同溫度沸騰的液體混合物分離出來

腸胃道
動物的消化系統，貫穿整個身體。

漂洗工
在編織、清潔、加厚布料之後進行處理的工人。

撒努斯
古埃及的醫生。

模子
一個用來幫糊狀物（例如泥漿）硬化及塑型的容器。這樣一來，當糊狀物凝固之後，就能夠獲得具有模具形狀的成品。

膜
包裹物體用的薄層或薄壁，或是將兩個不同的物體隔開。

頭皮屑
從頭皮掉落的死皮碎屑。

龍涎香
產自鯨魚腸胃道的一種灰色的物質，用來製造食物和香水。

驅除劑
能把動物驅離的某些難聞不愉快的東西。

神聖
在宗教中具有特殊重要性。

硝
一種白色的粉末狀化學物質，在與許多其他物質混合並且點燃之後，能夠讓它們燃燒得更快。

排遺
動物的排泄物。

47

作者簡介

理查‧普雷特（Richard Platt）

自1992年起開始為孩子寫書。作品《城堡日記》（*Castle Diary*）曾入圍英國科特馬施樂獎（Kurt Maschler Award）、時代教育支持獎（The Times Education Supplement Award）、歷史今日獎（History Today）。《海盜日記》（*Pirate Diary*）榮獲2002年凱特‧格林威獎、聰明銀牌獎（Silver Smarties Award）、2003年藍彼得獎（Blue Peter Book Award）。

瑪麗‧普雷特（Mary Platt）

和丈夫理查‧普雷特共同創作本書。

繪者簡介

約翰‧凱利（John Kelly）

從事插畫工作超過20年。曾為各大出版社如Macmillan、DK、Egmont和 Scholastic繪製插畫。繪本作品《猜猜誰來晚餐》（*Guess Who's Coming for Dinner?*）曾入圍凱特‧格林威獎。'

譯者簡介

張東君

臺大動物系所畢業，日本京都大學動物所博士課程結業。科普作家，第40屆金鼎獎與第五屆吳大猷科學普及著作獎得主。現任財團法人臺北動物保育教育基金會祕書組組長。著譯作以動物和科學主題為主，著有《動物勉強學堂》、《屎來糞多學院》等；自詡為《屁屁偵探》臺灣代言人。目前著譯作將近220本，目標為「著作等歲數譯作等身」。

圖片來源

Cover Shutterstock/christi180884 and pages 6 Getty/SSPL; page 7 Art Archive(AA)/Real Biblioteca de lo Escorial/Alamy/MEPL; page 9 Science Photo Library (SPL)/Power and Syred/Shutterstock/Vacclav; page 11 Getty AWL/Dr Rosalind M.Roland D.V.M., Right Whale Conservation Medicine Program, NewEngland Aquarium/ctr, bcl & bcr Acorn Naturalists,California; page 13 Shutterstock/Andreas Gradin; page 14 AA/University Library, Prague/Dagli Orti; page 15 FLPA/Pete Oxford/Minden/Jpb1301/Wikipedia; page 17 SPL/Dr Tony Brain; page 19 Superstock/Eye Ubiquitous/Getty/de Agostini; page 20 Heritage Images/Oxford Science Archive; page 21 Alabama Department of Archives and History, Montgomery, Alabama; page 23 Pictures From History/Randhirreddy @ wik; page 25 Getty/Lonely Planet/ Alamy/Paul Felix Photography/AA/Dagli Orti; page 26 Alamy/World/History Archive; page 27 AA/Kharbine-Tapabor Collection, Folas;page 31 Alamy/ frans lemmens; page 33 Alamy/RIA Novost/Alamy/Tim Gainey; page 34 SPL/Ted Kinsman; page 35 Jim Barlow/University of Oregon; page 37 Shutterstock/Jeremy Richards;

37b Getty/JamesL. Stanfield; page 38 Corbis/Marcus Brindicci/Reuters; page 40 www.SheepPooPaper.com; page 41 Shutterstock/Hung Chung Chih; page 42 Withthe kind permission of Wim Delvoye, Antwerp; page 43 Alamy/Worldwide Picture Library/Getty/Barcroft Media; page 45 Alamy/AGStockUSA/SPL/James King-Holmes/scitechimage/Getty/Universal Pictures /James Brunker.

The authors would also like to thank the following: Paul Barreau for clarifying an internet myth about dung hurling at the Camel races. Melanie Brown of Biophase for her advice on Bioremediation. Ian Chr for his help with art. Jean Smoke of HTI for her information on the compa remarkable water-filtering membranes, Professor Paul Younger of Newcast University, and Associate Professor Bod Nairn of the University of Oklaho their information concerning bioremediation and llama dung.